IL**TOPO**
CHE PARLAVA
DI TUTTI

By TANYA GERVASI

In un buco nella grande casa blu, in cima alla collina, viveva una famiglia di topi. Mamma Topo e Papà Topo avevano 3 piccoli: Lucy, Leo, e Liam. Lucy era la più grande e già andava a scuola. Leo e Liam avevano 1 anno di differenza, ma entrambi erano troppo piccoli per essere lasciati soli o mandati all'asilo.

Mamma Topo e Papà Topo lavoravano entrambi e mantenevano immacolata la loro piccola casa.

Una mattina, quando suonò la sveglia, Lucy aprì gli occhi e si ritrovò circondata dalla spazzatura. Si alzò immediatamente dal letto e corse da sua mamma: "Mamma! Mamma! Vieni presto! È successo qualcosa nella mia cameretta!' E Mamma Topo si precipitò a vedere cosa stava succedendo.

Si fermò all'ingresso e con uno sguardo triste disse a Lucy: "Bambina, pulisci!"

Lucy si guardò intorno confusa, ma fece come le era stato detto. Pulí e andò a scuola.

La mattina seguente, quando la sveglia suonò, Lucy si ritrovò di nuovo immersa nella spazzatura. Di nuovo si alzò dal letto e corse a chiamare sua mamma: "Mamma! Mamma! Vieni presto! È successo qualcosa nella mia cameretta!" E Mamma Topo si precipitò a vedere cosa stava succedendo.

In piedi all'ingresso, Mamma Topo notò che c'era più spazzatura di ieri. Diede a Lucy uno sguardo infastidito e disse: "Bambina, pulisci! E fatti una doccia." Lucy era sempre più confusa, ma non faceva domande. Fece come le era stato detto. Pulí, fece una doccia e andò a scuola.

Il giorno dopo, al suonar della sveglia, Lucy si sentì soffocare sotto qualcosa di davvero puzzolente. C'era così tanta spazzatura nella sua stanza che copriva persino il suo letto. Riuscì a stento a scendere e corse a chiamare sua mamma: "Mamma! Mamma! Vieni presto! È successo qualcosa nella mia cameretta!" E Mamma Topo si precipitò a vedere cosa stava succedendo.

Si fermò all'ingresso e notò che la spazzatura era ormai grande quanto una montagna, guardò Lucy e disse: "Bambina, pulisci! Fatti una doccia. E lavati la bocca." Lucy fece come le era stato detto. Pulí, fece una doccia, si lavò la bocca ed andò a scuola.

La mattina seguente, Mamma Topo svegliò Lucy
prima che suonasse la sveglia. Entrando a stento
nella sua camera da letto, disse con voce autoritaria:
"Lucy! Bambina svegliati! La tua spazzatura si è
rovesciata fuori dalla tua camera da letto e adesso io,
tuo padre, e i tuoi fratelli risentiamo delle tue azio-
ni."

Lucy riuscì a malapena a salire sopra la spazzatura,
si guardò intorno e in preda al panico chiese a sua
mamma: "O mamma, ma non so cosa fare con questa
spazzatura. Non l'ho portata qui. Come posso risol-
vere questo problema? Pulisco ogni mattina e ogni
mattina mi sveglio circondata da ancora più spazzatura. Per favore aiutami a capire."

Quindi Mamma Topo si ammorbidì, Lucy non sapeva che la spazzatura segue chi semina spazzatura sugli altri.

E così le disse, "Lucy, piccola, devi pulire ancora una volta. Fatti una doccia e lavati la bocca. Quindi scrivi una lettera di scuse a tutti quelli di cui hai parlato male. E alla fine dovrai andare da ognuno di quelli a cui scriverai una lettera e ringraziarli."

Lucy imbronciata disse, "Ma mamma, queste persone meritavano tutto quello che ho detto su di loro. Non ho detto bugie. Ho solo ripetuto la verità." Mamma Topo scoppiò a ridere, "Bambina, gli hai detto quelle verità direttamente in faccia?" Lucy scosse la testa.

"Bene, allora hai parlato male di loro. Quando ripeti a un pubblico più e più volte tutte le cose brutte che vedi in qualcuno, allora diventi una calamita per quella stessa spazzatura. E ad un certo punto, la spazzatura prima riempie la tua stanza, poi inizia a fuoriuscire dai quattro angoli della tua camera da letto. Fino a quando non inizi a puzzare tu stessa, e solo chi ha un cattivo odore come te può resistere alla tua presenza. Tuo padre ed io abbiamo reso la nostra casa libera dai rifiuti, perciò ti invitiamo a ripulire il tuo pasticcio."

Lucy abbassò gli occhi, perché per quanto disprezzasse le persone di cui parlava costantemente male, non voleva vivere in un mucchio di spazzatura e né tanto meno puzzare. Così pulì la sua camera da letto, si fece una doccia e si lavò la bocca. Poi seduta al tavolo, scrisse 5 lettere di scuse.

Una di queste,

Caro Cassy,
Mi dispiace di aver detto a tutti quanto sono brutte le tue scarpe perché in realtà non sono poi così brutte. Mi dispiace anche di averti preso in giro per essere così unica, con i tuoi occhi che vanno in due direzioni opposte. Ripensandoci, sembrano piuttosto carini.

E un'altra,

Caro Mica,
Mi dispiace di aver detto che la tua pancia è come
un palloncino gigante. Lo ammetto che non è carino.
Anche perché anch'io ho la pancia che sembra un
palloncino quando mangio tante caramelle. Quindi,
in effetti, ho smesso di mangiarle e consiglio anche
a te di smettere... ma questo ovviamente è solo un
suggerimento.

Dopo aver scritto tutte e 5 le lettere, andò a scuola. Quando vide i suoi compagni capì che non si sentiva più di parlare male di loro. Si avvicinò a ciascuno e guardandoli negli occhi, con un sorriso disse: "Grazie!"

La mattina seguente, Lucy si svegliò prima della sveglia e fu felicissima di vedere che la sua stanza era ancora perfettamente pulita, salvo per un sacchetto della spazzatura in un'angolo. Allora andò a chiamare sua mamma, 'Mamma! Vieni presto! È successo qualcosa nella mia cameretta!' E Mamma Topo si precipitò a vedere cosa stava succedendo.

Si fermò all'ingresso e sorrise a Lucy: "Ben fatto bambina! Hai fatto bene ed eri sincera in quasi tutte le lettere salvo una. Sono sicura che puoi fare di meglio. Pulisci, fatti un bagno, lavati la bocca e poi scrivi sinceramente le tue scuse a quell'unico compagno con cui non lo sei stata. Poi ringrazialo."

Lucy pulì, si fece un bagno, si lavò la bocca e rimase seduta a lungo a scrivere la lettera di scuse a quel ragazzino della sua classe che l'aveva fatta arrabbiare così tanto.

Alla fine scrisse,

Caro Tim,
Mi dispiace che non mi piaci. Ho fatto del mio meglio,
davvero. Mi dispiace di provare quelle cose su di te
ogni volta che ti vedo. E mi dispiace di avere tutti quei
brutti pensieri su di te ogni volta che ti sento parlare.
Tuttavia, ho deciso che non parlerò più di te. Tu resta
te stesso, e io ti ignorerò.

Quando Lucy arrivò a scuola e vide Tim, scoprì di non provare più le stesse brutte sensazioni che provava prima. E non pensava a quei brutti pensieri che le annebbiavano la mente. Così si avvicinò a lui e arrossì. Infine gli disse, "Grazie."

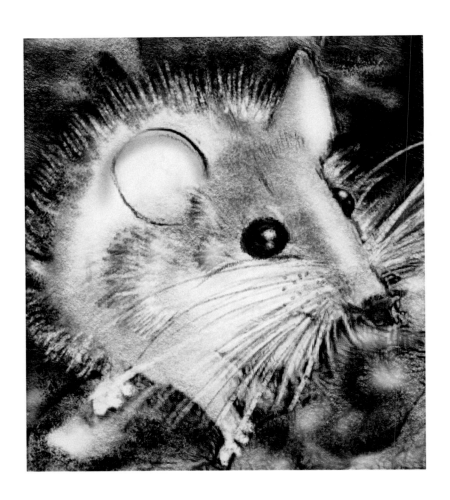

La mattina del giorno dopo quando suonò la sveglia, Lucy si svegliò e trovò la sua stanza pulita. Non si alzò. Non si è affrettò. Rimase a letto ancora un momento, inspirando il profumo delle lenzuola pulite.

Un germoglio di sentimento le solleticò il petto, mentre nuove domande affioravano nella sua mente: come mai quel bambino porta quelle scarpe? E perché l'altro mangia tutte quelle caramelle? Così si rese conto di volerli conoscere.

Quella mattina, Lucy fece una promessa a se stessa, "Non parlerò più male di nessuno."

FINE.

First published in Great Britain in 2023

by **IN HER GENIUS**

Text copyright © 2023 Tanya Gervasi
Illustrations copyright © 2023 Michela Chiarelli
Cover design & Layout © 2023 Alex Meyer

www.inhergenius.com

ISBN: 978-1-7394833-0-2
Stampato nel Regno Unito